AF385125

CANTIQUES ET MOTETS

A L'USAGE

DE LA CONFRÉRIE DU SAINT ROSAIRE

DE LA PAROISSE DE SAINT-THOMAS-D'AQUIN

ET AUTRES PAROISSES

RECUEILLIS ET MIS EN ORDRE

Par M. l'abbé ALIX

Directeur de la Confrérie.

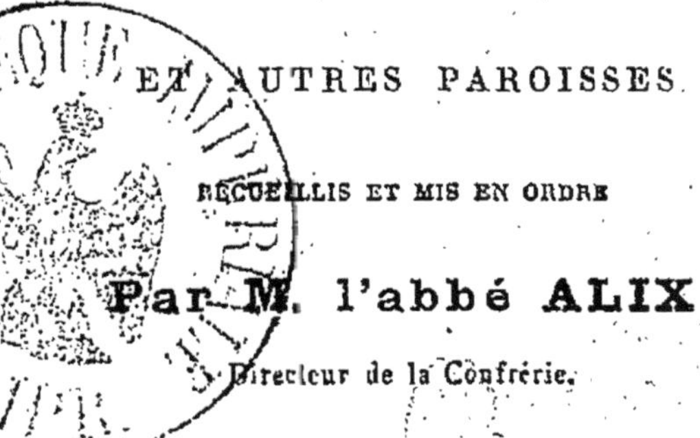

PARIS

A LA LIBRAIRIE DE PIÉTÉ ET D'ÉDUCATION

D'AUGUSTE VATON, ÉDITEUR

RUE DU BAC, N° 50

1865

1864

Paris. — Imp. P.-A. BOURDIER et Cᵒ, 6, rue des Poitevins.

TABLE DES MATIÈRES.

—

CANTIQUES ET MOTETS

à l'usage de la Confrérie du Saint Rosaire

DE LA PAROISSE DE SAINT-THOMAS-D'AQUIN

AVENT.

N° 1.

Venez, divin Messie,
Sauvez nos jours infortunés;
Venez, source de vie,
Venez, venez, venez.

Ah! descendez, hâtez vos pas,
Sauvez les hommes du trépas,
Secourez-nous ne tardez pas;
Venez, divin Messie,
Sauvez nos jours infortunés;
Venez, source de vie,
Venez, venez, venez.

Ah! désarmez votre courroux;
Nous soupirons à vos genoux :
Seigneur, nous n'espérons qu'en vous.

Pour nous livrer la guerre,
Tous les enfers sont déchaînés;
Descendez sur la terre,
Venez, venez, venez.

Que nos soupirs soient entendus;
Les biens que nous avons perdus
Ne nous seront-ils point rendus?
Voyez couler nos larmes;
Grand Dieu! si vous nous pardonnez,
Nous n'aurons plus d'alarmes,
Venez, venez, venez.

Si vous venez en ces bas lieux,
Nous vous verrons, victorieux,
Fermer l'enfer, ouvrir les cieux.
Nous l'espérons sans cesse.
Les cieux nous furent destinés;
Tenez votre promesse,
Venez, venez, venez.

Ah! puissions-nous chanter un jour
Dans votre bienheureuse cour
Et votre gloire et votre amour!
C'est là l'heureux partage
De ceux que vous prédestinez;
Donnez-nous-en le gage,
Venez, venez, venez.

N° 2.

Une voix éclate dans l'ombre,
Un nouveau jour brille à nos yeux ;
Fuyez, rêves de la nuit sombre ;
Jésus paraît du haut des cieux.

Que l'âme ressuscite belle
De gloire et d'immortalité ;
Un nouveau jour brille sur elle,
Et la revêt de pureté.

Du ciel descend une victime
Qui s'immole pour les pécheurs ;
Son sang a payé notre crime,
Payons son sang avec nos pleurs.

O Jésus ! soyez-nous propice ;
Ayez pour nous, dans le grand jour
De votre suprême justice,
Encor des entrailles d'amour !

Amour, honneur, gloire, louanges,
A la très-sainte Trinité,
Parmi les hommes et les Anges,
Dans le temps et l'éternité !

POUR LE TEMPS DE NOEL.

Nº 3.

Les Anges, dans nos campagnes,
Ont entonné l'hymne des cieux,
Et l'écho de nos montagnes
Redit ce chant mélodieux :
Gloria in excelsis Deo.

Bergers, pour qui cette fête ?
Quel est l'objet de tous ces chants ?
Quel vainqueur, quelle conquête
Mérite ces cris triomphants ?
Gloria in excelsis Deo.

Ils annoncent la naissance
Du libérateur d'Israël,
Et pleins de reconnaissance,
Chantons en ce jour solennel :
Gloria in excelsis Deo.

Allons tous de compagnie,
Sous l'humble toit qu'il a choisi,
Voir l'adorable Messie
A qui nous chanterons aussi :
Gloria in excelsis Deo.

Dans l'humilité profonde
Où vous paraissez à nos yeux,
Pour vous louer, ô roi du monde !
Nous redirons ce chant joyeux :
Gloria in excelsis Deo.

N° 4.

Le fils du roi de gloire
Est descendu des cieux ;
Que nos chants de victoire
Résonnent dans ces lieux ;
Il dompte les enfers,
Il calme les alarmes,
Il tire l'univers
     Des fers,
    Et pour jamais
    Lui rend la paix :
Ne versons plus de larmes.

L'amour seul l'a fait naître
Pour le salut de tous ;
Il fait par là connaître
Ce qu'il attend de nous.
Un cœur brûlant d'amour
Est le plus bel hommage.
Faisons-lui tour à tour
     La cour.
    Dès aujourd'hui
    N'aimons que lui ;
Qu'il soit notre partage.

Vains honneurs de la terre,
Je veux vous oublier.
Le maître du tonnerre

Vient de s'humilier.
De vos trompeurs appas
Je saurai me défendre ;
Allez, n'arrêtez pas
    Mes pas.
    Monde flatteur,
    Monde enchanteur,
Je ne veux plus t'entendre.

Régnez seul en mon âme,
O mon divin Époux !
N'y souffrez point de flamme
Qui ne s'adresse à vous.
Que voit-on dans ces lieux.
Que misère et bassesse ?
Ne portons plus nos yeux
    Qu'aux cieux ;
    A votre loi,
    Céleste roi,
J'obéirai sans cesse.

N° 5.

Éternelle splendeur, fils unique du Père,
Divin Sauveur du monde, en qui le monde espère ;
Entends du haut des cieux les suppliantes voix
Qui de tout l'univers s'élèvent à la fois.

Doux Sauveur, dans le sein d'une vierge très-pure,
Tu voulus revêtir notre faible nature ;
Jésus, rappelle-toi ce mystère d'amour
Qu'atteste, en revenant, ce jour, cet heureux jour.

L'univers tout entier, dans sa reconnaissance,
Tressaille d'allégresse et bénit ta naissance ;
Nous que tu rachetas par ton sang précieux,
Nous chantons ce beau jour qui nous ouvrit les yeux.

Qu'un immense Hosanna remplisse cette enceinte.
Amour, gloire, louange à la Trinité sainte,
Père, Fils, Saint-Esprit ! gloire à la Trinité,
Et dans les jours du temps et dans l'éternité.

TEMPS DE LA SEPTUAGÉSIME
ET DU CARÊME.

N° 6.

Dialogue entre Dieu et le pécheur.

DIEU.

Reviens, pécheur, à ton Dieu qui t'appelle ;
Viens au plus tôt te ranger sous sa loi ;
Tu n'as été déjà que trop rebelle :
Reviens à lui, puisqu'il revient à toi.   (*bis.*)

LE PÉCHEUR.

Voici, Seigneur, cette brebis errante
Que vous daignez chercher depuis longtemps.
Touché, confus d'une si longue attente,
Sans plus tarder je reviens, je me rends.   (*bis.*)

DIEU.

Pour t'attirer ma voix se fait entendre ;
Sans me lasser, partout je te poursuis ;
D'un Dieu pour toi, du père le plus tendre,
J'ai les bontés, ingrat, et tu me fuis.   (*bis.*)

LE PÉCHEUR.

Errant, perdu, je cherchais un asile ;
Je m'efforçais de vivre sans effroi ;
Hélas ! Seigneur, pouvais-je être tranquille
Si loin de vous, et vous si loin de moi ?   (*bis.*)

DIEU.

Marche au grand jour que t'offre ma lumière :
A sa faveur tu peux faire le bien :
La nuit bientôt finira ta carrière,
Funeste nuit ! où l'on ne peut plus rien.   (*bis.*)

LE PÉCHEUR.

Dieu de bonté, principe de tout être,
Unique objet digne de nous charmer,
Que j'ai longtemps vécu sans vous connaître !
Que j'ai longtemps vécu sans vous aimer ! (*bis.*)

N° 7.

Hélas! quelle douleur
Remplit mon cœur,
Fait couler mes larmes?
Hélas! quelle douleur
Remplit mon cœur
De crainte et d'horreur?
Autrefois,
Seigneur, sans alarmes,
De tes lois
Je goutai les charmes;
Hélas! vœux superflus!
Beaux jours perdus!
Vous ne serez plus.

La mort déjà me suit;
O triste nuit,
Déjà je succombe!
La mort déjà me suit;
Le monde fuit;
Tout s'évanouit.
Je la vois,
Entr'ouvrant ma tombe,
Et sa voix
M'appelle et j'y tombe,
O mort, cruelle mort!
Si jeune encor!...
Quel funeste sort!

Frémis, ingrat pécheur
Un Dieu vengeur
D'un regard sévère...
Frémis, ingrat pécheur,
Un Dieu vengeur
Va sonder ton cœur.
Malheureux !
Entends son tonnerre ;
Si tu peux,
Soutiens sa colère.
Frémis ; seul aujourd'hui,
Sans nul appui,
Parais devant lui.

Beau ciel, je t'ai perdu,
Je t'ai vendu
Pour de vains caprices.
Beau ciel, je t'ai perdu,
Je t'ai vendu
Regret superflu !
Loin de toi
Toutes les délices
Sont pour moi
De nouveaux supplices.
Beau ciel, toi que j'aimais,
Qui me charmais,
Ne te voir jamais !

Non, non, c'est une erreur,
Dans mon malheur

Hélas ! je m'oublie ;
Non, non, c'est une erreur,
Dans mon malheur
Je trouve un Sauveur.
Il m'entend,
Me réconcilie ;
Dans son sang
Je reprends la vie :
Non, non, je l'aime encor.
Et le remords
A changé mon sort.

N° 8.

Instruits par le précepte et par l'usage antique,
Par la loi de Moïse et l'exemple du Christ
   Observons ce jeûne mystique. } *bis.*
   Qui soumet la chair et l'esprit. }

Que nos sommeils soient courts et nos tables frugales.
Ayons de nos périls un prudent souvenir ;
   Contre les ruses infernales } *bis.*
   Gardons-nous mieux à l'avenir. }

Ayons les yeux ouverts et l'oreille attentive !
Pour que Dieu nous protége et combatte avec nous,
   Poussons une clameur plaintive, } *bis.*
   Tombons en pleurs à ses genoux. }

Nous avons offensé ta bonté paternelle,
Père, verse sur nous la grâce du pardon.
    Fais grâce à notre âme rebelle }
    Pour la gloire de ton saint nom ! } *bis.*

Le mal commis par nous, que ta bonté l'efface,
Dieu de miséricorde, ô Dieu de charité !
    Dans le temps, donne-nous ta grâce, }
    Ta gloire dans l'éternité ! } *bis.*

A la Trinité sainte, amour, gloire, louanges !
Gloire au Christ Rédempteur, gloire à la Trinité
    Parmi les hommes et les Anges, }
    Dans le temps et l'éternité ! } *bis.*

TEMPS DE LA PASSION.

Nº 9.

Au sang qu'un Dieu va répandre,
Ah ! mêlez du moins vos pleurs,
Chrétiens qui venez entendre
Le récit de ses douleurs.
Puisque c'est pour vos offenses
Que ce Dieu souffre aujourd'hui,
Animés par ses souffrances,
Vivez et mourez pour lui,

Dans un jardin solitaire
Il sent de rudes combats ;

Il prie, il craint, il espère;
Son cœur veut et ne veut pas.
Tantôt la crainte est plus forte,
Et tantôt l'amour plus fort;
Mais enfin l'amour l'emporte
Et lui fait choisir la mort.

On le dépouille, on l'attache;
Chacun arme son courroux.
Je vois cet Agneau sans tache
Tombant presque sous les coups.
C'est à nous d'être victimes;
Arrêtez, cruels bourreaux!
C'est pour effacer nos crimes
Que son sang coule à grands flots.

Une couronne cruelle
Perce son auguste front;
A ce chef, à ce modèle,
Mondains, vous faites affront.
Il languit dans les supplices,
C'est un homme de douleurs;
Vous vivez dans les délices,
Vous vous couronnez de fleurs.

Il marche, il monte au Calvaire,
Chargé d'un infâme bois;
De là, comme d'une chaire,
Il fait entendre sa voix.
Ciel, dérobe à la vengeance
Ceux qui m'osent outrager;

C'est ainsi, quand on l'offense,
Qu'un chrétien doit se venger.

Une troupe mutinée
L'insulte et crie à l'envi :
S'il changeait sa destinée,
Nous croirions tous en lui.
Il peut la changer sans peine,
Malgré vos nœuds et vos clous ;
Mais le nœud qui seul l'enchaîne,
C'est l'amour qu'il a pour nous.

Ah ! de ce lit de souffrance,
Seigneur, ne descendez pas ;
Suspendez votre puissance,
Restez-y jusqu'au trépas ;
Mais tenez votre promesse,
Attirez-nous après vous ;
Pour prix de votre tendresse,
Puissions-nous y mourir tous !

Il expire, et la nature
Dans lui pleure son auteur ;
Il n'est point de créature
Qui ne marque sa douleur.
Un spectacle si terrible
Ne pourra-t-il me toucher ?
Et serais-je moins sensible
Que n'est le plus dur rocher ?

————

Salut, source féconde....
N° 22. Page 29, sur le *Précieux sang*.

TEMPS PASCAL.

N° 11.

De rayons plus purs l'aurore rougit,
La terre tressaille et l'enfer mugit,
Le ciel est en fête et la voix des Anges,
Du Christ triomphant chante les louanges.

Vainqueur de la mort, vainqueur des enfers,
Ce Roi magnanime a brisé nos fers ;
De soldats romains une troupe armée
Garde vainement sa tombe fermée.

La pierre obéit, et de son tombeau
Le céleste mort se lève plus beau ;
Et, venu du ciel, un Ange de gloire
Du Christ triomphant chante la victoire.

Le divin Sauveur est ressuscité ;
Gloire à Jésus, gloire à la Trinité !
A Dieu gloire, amour, hymnes de louanges
Parmi les mortels et parmi les Anges.

N° 12.

Jésus paraît en vainqueur ;
Sa bonté, sa douceur
Est égale à sa grandeur.
Jésus paraît en vainqueur ;
Aujourd'hui donnons-lui notre cœur.

Malgré nos forfaits,
Ses dons, ses bienfaits,
Ses divins attraits
Ne nous parlent que de paix.
Pleurons nos forfaits,
Chantons ses bienfaits,
Rendons-nous à ses divins attraits.

O mort ! où sont-ils, tes dards ?
Je vois de toutes parts
Tomber tes noirs étendards.
O mort ! où sont-ils, tes dards ?
Mon Sauveur a détruit tes remparts.
En vain de ton bras
Tu le saisiras,
En vain de tes lacs,
O mort ! tu l'entraveras :
Libre en tes États
Il porte ses pas,
Et vainqueur enchaîne le trépas.

Je vois la mort sans effroi :
Mon Seigneur et mon Roi
En a triomphé pour moi.
Je vois la mort sans effroi :
Ce mystère est l'appui de ma foi.
Ah ! si mon amour
N'a jusqu'à ce jour
Trouvé nul retour
Dans ce terrestre séjour,

Du moins en ce jour,
Cet excès d'amour
Sera payé d'un juste retour.

L'ASCENSION.

N° 13.

Sainte cité, demeure permanente,
Sacré palais qu'habite le grand Roi,
Où doit un jour régner l'âme innocente;
Quoi de plus doux que de penser à toi!

O ma patrie!
O mon bonheur!
Toute ma vie
Sois le vœu de mon cœur.

Dans tes parvis tout n'est plus qu'allégresse,
C'est un torrent des plus chastes plaisirs;
On n'y ressent ni peine ni tristesse,
On n'y connaît ni plaintes ni soupirs.
O ma patrie! etc.

Tes habitants ne craignent plus d'orages;
Ils sont au port, ils y sont pour jamais;
Un calme entier devient leur doux partage;
Dieu dans leur cœur verse un fleuve de paix.
O ma patrie! etc.

De quel éclat ce Dieu les environne !
Ah ! je les vois tout brillants de clarté !
Rien ne saurait y flétrir leur couronne :
Leur vêtement est l'immortalité.

O ma patrie ! etc.

Puisque Dieu seul est notre récompense,
Qu'il soit aussi la fin de nos travaux !
Dans cette vie un moment de souffrance
Mérite au ciel un éternel repos.

O ma patrie ! etc.

N° 14.

Saint amour de l'âme pure,
Jésus notre seul désir,
Vous qui de notre nature
Voulûtes vous revêtir,
Quelle clémence ineffable,
Jésus, vous sollicita
De ravir l'homme coupable
A l'enfer qu'il mérita !

Qui dira la pitié tendre
Dont votre cœur fut touché,
Et l'amour qui vous fit prendre
Le lourd fardeau du péché ?

A la divine justice
Agneau, martyr innocent,
Vous offrez en sacrifice
Votre chair et votre sang.

A travers l'horreur intime
Des espaces inconnus,
Vous pénétrez dans l'abîme
Où vos Saints sont retenus ;
Heure attendue et bénie !
Les captifs sont rachetés,
Et quand votre œuvre est finie,
Dans le ciel vous remontez.

Christ qui régnez dans la gloire,
Triomphez en obtenant
Une seconde victoire ;
Triomphez en pardonnant.
Soyez notre seule envie
Sur cette terre d'exil,
Et soyez dans l'autre vie
Notre gloire. Ainsi soit-il !

LA PENTECOTE.

N° 15.

Veni Sancte Spiritus.... (Prose.)

Descends, Esprit-Saint, que ta flamme
D'un rayon pénètre notre âme,

Descends, Père des pauvres, viens, } bis.
Source des véritables biens !

Lumière de l'intelligence,
Consolateur de la souffrance,
O toi dont le souffle est si doux, } bis.
Hôte de l'âme, viens en nous !

Esprit-Saint, ô toi qui tempères
Et l'excès des peines amères
Et l'ardente chaleur du jour, } bis.
Remplis nos cœurs de ton amour !

Esprit-Saint, lumière divine,
Que ta grâce nous illumine ;
Sans ton secours céleste, rien } bis.
N'est pur dans l'âme, rien n'est bien !

Ah ! lave donc toute souillure,
Cicatrise toute blessure ;
Arrose le cœur desséché } bis.
Par le souffle impur du péché !

Fléchis les altières pensées,
Réchauffe les âmes glacées ;
Ramène, comme par la main, } bis.
Celui qui sort du droit chemin !

Mais au fidèle qui n'espère
Qu'en ta puissance tutélaire,
Accorde, dans cet heureux jour, } bis.
Les sept grâces de ton amour !

Donne-nous une sainte vie
D'une plus sainte mort suivie;
Donne-nous, dans l'éternité, { bis.
La céleste félicité !

N° 16.

Esprit-Saint, descendez en nous ;
Embrasez notre cœur de vos feux les plus doux.

Sans vous notre vaine prudence
Ne peut, hélas! que s'égarer.
Ah! dissipez notre ignorance ;
   Esprit d'intelligence,
   Venez nous éclairer.

(*Chœur.*) Esprit-Saint, etc.

Le noir enfer, pour nous faire la guerre,
Se réunit au monde séducteur ;
Tout est pour nous embûche sur la terre,
   Soyez notre libérateur !

Esprit-Saint, etc.

Enseignez-nous la divine sagesse ;
Seule elle peut nous conduire au bonheur ;
Dans ses sentiers qu'heureuse est la jeunesse !
   Qu'heureuse est la vieillesse !

Esprit-Saint, etc.

Nº 17.

Esprit-Saint, Dieu de lumière,
O vous que nous invoquons !
Venez des cieux sur la terre,
Comblez-nous de tous vos dons.

Accordez-nous cette sagesse
Qui ne cherche que le Seigneur;
Que notre étude soit sans cesse
De lui soumettre notre cœur.

Esprit-Saint, etc.

Donnez-nous cette intelligence,
Ce don qui fait connaître au cœur
Des saintes vertus l'excellence,
Et du péché toute l'horreur.

Esprit-Saint, etc.

Enseignez-nous cette science,
L'art divin qui fait les vertus;
Répandez sur nous l'abondance
Des dons qui forment les élus.

Esprit-Saint, etc.

Qu'une piété vive et pure
Nous anime et brûle toujours;
Qu'à son feu notre âme s'épure
Et pour vous s'embrase d'amour.

Esprit-Saint, etc.

Inspirez-nous de Dieu la crainte
De ses terribles jugements;
Que sa justice, sa loi sainte,
Pénètre et nos cœurs et nos sens.

Esprit-Saint, etc.

LA SAINTE TRINITÉ.

N° 18.

Source éternelle de lumière,   (*bis.*)
Trinité souveraine et suprême unité,   (*bis.*)
Le visible soleil va finir sa carrière,
Fais luire dans nos cœurs ta divine clarté. (*bis.*)

Par des cantiques de louanges   (*bis.*)
Que notre voix commence et finisse le jour, (*bis.*)
Et que notre âme au ciel, unie au chœur des Anges,
Chante l'hymne éternel de l'éternel amour. (*bis.*)

Adorons la Trinité sainte,   (*bis.*)
Ce mystère d'un Dieu trine dans l'unité; (*bis.*)
Qu'un cri sorti du cœur remplisse cette enceinte :
Gloire à Dieu dans le temps et dans l'éternité! (*bis.*)

FÊTE-DIEU.

N° 19.

Pange lingua gloriosi corporis mysterium.

Ma langue chante le mystère
Du corps et du sang précieux
Que pour le salut de la terre
Offrit Jésus, le Roi des cieux.
Du sein d'une Vierge féconde
Il naît parmi nous et pour nous;
Il vit et souffre dans le monde
Lui que l'ange adore à genoux ! } *bis.*

Partout il sème une parole
Que sa grâce fera germer;
Il instruit, guérit et console,
Son cœur s'obstine à nous aimer.
Mais lorsque son heure est venue,
La veille de son dernier jour,
Le divin Sauveur institue
Le sacrement de son amour. } *bis.*

Dans la Cène mystérieuse
Il change le pain et le vin;
L'un devient sa chair glorieuse,
L'autre devient son sang divin.
Amour, bonté, grâce suprême,
Ainsi du troupeau fraternel
L'Agneau sans tache veut lui-même
Être l'aliment éternel. } *bis.*

Si l'œil, si la raison infirme
Se troublent, qu'importe, Seigneur !
O mon Dieu ! votre Verbe affirme,
Et c'est assez pour notre cœur.
Adorons la gloire voilée
Sous ce froment mystérieux,
Et que la foi sainte supplée
A la faiblesse de nos yeux. } *bis.*

Que le sang impur des génisses
Ne coule plus sous le couteau,
Et que les anciens sacrifices
Fassent place au culte nouveau.
Amour, honneur, gloire, louanges,
A la très-sainte Trinité,
Parmi les hommes et les Anges } *bis.*
Dans le temps et l'éternité !

N° 20.

Par les chants les plus magnifiques,
Sion, célèbre ton Sauveur ;
Exalte dans tes saints cantiques
Ton Dieu, ton chef et ton pasteur ;
Redouble aujourd'hui pour lui plaire
Tes transports, tes soins empressés,
Jamais tu n'en pourras trop faire, } *bis.*
Tu n'en feras jamais assez.

Ouvre ton cœur à l'allégresse,
A tous les feux de tes transports,

Lorsque son immense largesse
T'ouvre elle-même ses trésors ;
Près de consommer son ouvrage,
Il consacre son dernier jour
A te laisser ce tendre gage
Qui mit le comble à son amour. } *bis.*

Offert sur la table mystique,
L'Agneau de la nouvelle loi
Termine enfin la Pâque antique
Qui figurait le nouveau Roi.
La vérité succède à l'ombre,
La loi de crainte se détruit ;
La clarté chasse la nuit sombre, } *bis.*
Et la loi de grâce nous luit.

Jésus, de son amour extrême,
Veut éterniser les bienfaits ;
Ce que d'abord il fit lui-même,
Le prêtre à son ordre le fait ;
Il change, ô prodige admirable !
Qui n'est aperçu que des cieux,
Le pain en son corps adorable, } *bis.*
Le vin en son sang précieux.

L'œil se méprend, l'esprit chancelle,
Il cherche d'un Dieu la splendeur ;
Mais toujours ferme, un vrai fidèle
Sans hésiter voit son Seigneur ;
Son sang pour nous est un breuvage,
Sa chair devient un aliment ;

Les espèces sont le nuage
Qui nous le couvre au sacrement. } *bis.*

On voit le juste et le coupable
S'approcher au banquet divin,
Se ranger à la même table,
Prendre place au même festin.
Chacun reçoit la même hostie;
Mais qu'ils diffèrent dans leur sort!
Le juste tremble et boit la vie, }
L'impie affronte et boit la mort. } *bis.*

Ce fils sous la main paternelle
Près de se voir percer le flanc,
Cette victime solennelle
Dont l'Hébreu vit couler le sang,
La manne au goût délicieuse
Qui tous les jours tombait des cieux,
Sont la figure précieuse }
Du prodige offert à nos yeux. } *bis.*

Je te salue, ô pain de l'ange!
Aujourd'hui pain du voyageur;
Toi que j'adore et que je mange,
Ah! viens dissiper ma langueur!
Loin de toi l'impur, le profane;
Pain réservé pour les enfants,
Mets des élus, céleste manne, }
Objet seul digne de nos chants. } *bis.*

Au secours de notre misère

Jésus se livre entièrement;
Dans la crèche il est notre frère,
Et sur l'autel notre aliment;
Quand il mourut sur le Calvaire,
Il fut la rançon du pécheur;
Triomphant dans son sanctuaire, } *bis.*
Il est du juste le bonheur.

Honneur, amour, louange et gloire
Te soient rendus, ô bon Pasteur!
Vis à jamais dans ma mémoire,
Sois toujours gravé dans mon cœur!
O pain des forts, par ta puissance
Soulage mon infirmité;
Fais qu'engraissé de ta substance } *bis.*
Je règne dans l'éternité.

FÊTE DU SACRÉ CŒUR.

N° 21.

Perçant les voiles de l'aurore,
Le jour apparaît dans les cieux;
Ainsi, Cœur sacré que j'adore,
Tout rayonnant d'amour tu viens frapper mes yeux.

Séraphins, à ce Roi suprême
Souffrez que j'offre vos ardeurs;
Pour aimer Jésus comme il aime,
Faibles mortels c'est trop peu de nos cœurs. (*bis.*

Toujours dans cet heureux asile
Jésus fixera son séjour;
Venez, peuple tendre et docile,
Venez donner vos cœurs au cœur du Dieu d'amour.

Séraphins, etc.

Ce cœur généreux, magnanime,
Du ciel irrité contre nous,
Voulut devenir la victime,
Et nous mettre à l'abri des traits de son courroux.

Séraphins, etc.

O cœur! notre unique espérance
Couronne en ce jour tes bienfaits;
Deviens le salut de la France,
Et force tous les cœurs de t'aimer à jamais.

Séraphins, etc.

FÊTE DU PRÉCIEUX SANG.

N° 22.

Salut, source féconde,
Salut, gage béni
D'une pitié profonde,
D'un amour infini;
Blessures d'où ruisselle
Un sang plus radieux
Que l'ardente étincelle
Qui brille dans les cieux.

Rien de beau ne t'égale,
Sang de mon Rédempteur,
L'étoile semble pâle
Auprès de ta splendeur;
Blessures, fleurs écloses,
Qui vous ouvrez pour nous,
Le calice des roses
A des parfums moins doux.

Odorantes corolles
Qui parfumez le ciel,
Célestes alvéoles
Pleines du divin miel,
Salutaires blessures
De Jésus, c'est par vous
Que s'ouvre aux âmes pures
L'asile le plus doux.

Dans le prétoire injuste
Jésus est flagellé,
Et sur son corps auguste
Son sang a ruisselé;
Son front est ceint d'épines,
Et des clous acérés
Percent ses mains divines
Et ses pieds adorés.

Lorsque sur le Calvaire,
Comme il était écrit,
Victime volontaire
Il a rendu l'esprit,
Une lance inhumaine

Ouvre son divin flanc,
D'où, comme une fontaine,
L'eau coule avec le sang.

Tout le sang de ses veines
Coule jusques au soir,
Comme des grappes pleines
Le vin sous le pressoir.
Pour payer ce que coûte
La rançon du pécheur,
Tombez, dernières gouttes
Du sang du Rédempteur !

Ce sang qui tombe à terre
Du cœur de Jésus-Christ,
C'est le bain salutaire
Qui lave et qui guérit ;
Chantons tous les louanges
De ce sang précieux,
Nous sur terre et vous, anges,
Dans la splendeur des cieux !

FÊTES DE LA SAINTE VIERGE.

CANTIQUE DU ROSAIRE.

N° 23.

MYSTÈRE JOYEUX.

1.

Prêtez l'oreille, Marie,
Au salut de Gabriel :

Le Très-Haut vous a choisie
Pour Mère du Roi du Ciel;
Vous êtes Vierge et féconde,
Et votre sein bienheureux
Porte le salut du monde
Dans cet enfant merveilleux.

2.

Par le Saint-Esprit guidée,
Vierge aimable, où marchez-vous ?
Montagnes de la Judée,
Rendez vos sentiers plus doux.
La mère de Jean publie
Les merveilles du Seigneur,
Et révère dans Marie
La mère de son Sauveur.

3.

Quoi! celui qui vient de naître
Est le Fils de l'Éternel!
L'étable reçoit mon Maître,
La crèche, le Dieu du ciel!
Le Roi des rois de la terre
N'est plus qu'un enfant d'un jour!
Il fait des bras de sa mère
Le trône de son amour.

4.

Vierge mère, dans le temple
Vous présentez votre Fils;
Un saint vieillard le contemple
Et ses vœux sont accomplis.
Ah! puisque le Ciel demande

Que l'on immole Jésus,
Unissons à son offrande
Une victime de plus.

5.

O Mère! quelle allégresse
Lorsqu'après l'avoir perdu,
Consolant votre tendresse,
Votre Fils vous est rendu!
O coupable indifférence!
Je l'ai perdu sans douleur.
Désormais que sa présence
Soit ma vie et mon bonheur.

MYSTÈRE DOULOUREUX.

Nº 24.

1.

Dans ce jardin de tristesse,
Le Tout-Puissant, le Dieu fort,
Est réduit par la faiblesse
Aux angoisses de la mort;
Son sang, vos pleurs, ô Marie!
M'apprennent que le pécheur
Cause de son agonie
La douloureuse sueur.

2.

Le sang de Jésus ruisselle
Sous les verges des bourreaux,
Il rougit leur main cruelle,
Et sa chair tombe en lambeaux.
Ah! quelle affreuse torture,

Pour vous, Mère de douleur !
Chacun des coups qu'il endure
Retentit dans votre cœur.

3.

Cette épine qu'on prépare
Outrage et blesse à la fois ;
Tu la mets, soldat barbare,
Sur le front du Roi des rois.
Faudra-t-il donc, ô Marie !
Que Jésus vous soit montré
Couronné d'ignominie,
Sanglant et défiguré !

4.

Contemplez, âme fidèle,
Jésus chargé de sa croix ;
A chaque pas il chancelle,
Ou succombe sous le poids.
Mais que vois-je ? c'est sa Mère
Qui le suit en gémissant,
Et marche vers le Calvaire -
Sur les traces de son sang !

5.

Après le plus long supplice,
Il succombe à ses douleurs ;
Témoins de son sacrifice,
A son sang mêlons nos pleurs.
Si notre âme est attendrie
En voyant Jésus mourir,
De sa croix et de Marie
Allons apprendre à souffrir.

MYSTÈRE GLORIEUX.

N° 25.

1.

Poussons des cris de victoire,
Jésus est ressuscité,
Il fait briller de sa gloire
Le tombeau qu'il a quitté.
Tendre Mère, plus d'alarmes,
Ils sont passés les ennuis,
La main qui sèche vos larmes
Est celle de votre Fils.

2.

Vers la demeure éternelle
S'élève mon divin Roi,
Guidant la troupe immortelle
Des Saints de l'ancienne loi.
Pour consoler ses Apôtres,
Marie, il vous laisse encor;
Sur ses traces, sur les vôtres,
Puissions-nous prendre l'essor!

3.

Quel est ce nouveau miracle!
Voyez ces langues de feu!
Tout est plein dans le cénacle
De la majesté d'un Dieu.
Descendez, Esprit de flamme,
Vierge sainte, obtenez-nous
Qu'il habite dans notre âme
Comme il habita dans vous.

4.

Triomphez, Reine des Anges,
Le Ciel s'ouvre à vos vertus;
Tout célèbre les louanges
De la Mère des élus.
L'auguste Fils de Marie,
Dans les divines clartés,
Reçoit sa Mère chérie
Et la place à ses côtés.

5.

Ah! ceignez le diadème,
Reine du divin séjour;
Sur votre front Dieu lui-même
Le dépose avec amour;
Mais montrez-vous notre mère :
Vos enfants sont malheureux;
Protégez-les sur la terre,
Recevez-les dans les cieux.

AVE MARIS STELLA.

N° 26.

Étoile de l'onde marine,
Mère de Dieu, Vierge divine,
Bienheureuse porte du Ciel,
Glorieuse sœur de nos âmes,
Femme bénie entre les femmes
Comme dit l'ange Gabriel.

Écoute notre voix plaintive,
Rends son ciel à l'âme captive,
A l'aveugle rends la clarté ;
Adoucis toute coupe amère ;
Vierge, montre-toi notre mère,
Par ton ineffable bonté !

Parfume de tes larmes saintes
Nos pleurs, nos soupirs et nos plaintes,
Les mille voix de la douleur ;
Et porte à Dieu dans tes mains pures
Tous ces ineffables murmures
Comme un encens de bonne odeur.

Compatissante souveraine,
Exerce ton pouvoir de Reine
Sur le cœur du divin Époux ;
Incomparable créature,
O Vierge toujours douce et pure,
Rends-nous comme toi purs et doux.

Conduis-nous dans la sainte voie,
Pour que, dans l'éternelle joie,
Nous soyons réunis au Christ,
Et qu'avec les Saints et les Anges
Nous chantions : Amour et louanges
Au Père, au Fils, au Saint-Esprit.

N° 27.

Je vous salue, auguste et sainte Reine,
Dont la beauté ravit les immortels ;
Mère de grâce, aimable souveraine,   } *bis.*
Je me prosterne aux pieds de vos autels. }

Je vous salue, ô divine Marie !
Vous méritez l'hommage de nos cœurs ;
Après Jésus vous êtes et la vie,   } *bis.*
Et le refuge, et l'espoir des pécheurs. }

Fils malheureux d'une coupable mère,
Bannis du ciel, les yeux baignés de pleurs,
Nous vous faisons, de ce lieu de misère, } *bis.*
Par nos soupirs entendre nos douleurs.   }

Écoutez-nous, puissante Protectrice,
Tournez sur nous vos yeux compatissants ;
Et montrez-nous qu'à nos malheurs propice, } *bis.*
Du haut des cieux vous aimez vos enfants. }

O douce, ô tendre, ô pieuse Marie !
Vous dont Jésus, mon Dieu, reçut le jour,
Faites qu'après l'exil de cette vie,   } *bis.*
Nous le voyions dans l'éternel séjour. }

N° 28.

Heureux qui, dès le premier âge,
Honorant la Reine des cieux,
Fuit les dons qu'un monde volage
Étale avec pompe à ses yeux !

Qu'on est heureux sous son empire !
Qu'un cœur pur y trouve d'attraits !
Tout y ressent, tout y respire,
L'amour, l'innocence et la paix.   } bis.

Mondain, ta grandeur tout entière
S'anéantit dans le tombeau ;
L'instant où finit la carrière
Du juste est l'instant le plus beau.
La paix règne sur son visage,
Son cœur est embrasé d'amour,
Sa vie a coulé sans nuage,
Sa mort est le soir d'un beau jour.   } bis.

Comme un rocher qui d'âge en âge,
Battu par les flots agités,
Brave la fureur de l'orage
Et l'effort des vents irrités,
Le vrai serviteur de Marie,
Sûr à jamais de son appui,
Brave l'impuissante furie
De l'enfer armé contre lui.   } bis.

Mais l'éclat d'un monde volage
Séduit-il nos faibles esprits,
Elle dédaigne notre hommage,
Et le repousse avec mépris.
Dès lors que notre âme est charmée
Des biens fragiles et mortels,
Notre encens n'est qu'une fumée
Qui déshonore ses autels.   } bis.

Régnez, Vierge sainte, en notre âme :
Vous y ferez régner la paix ;
Gravez en nous, en traits de flamme,
Le souvenir de vos bienfaits.
Mettez à l'ombre de vos ailes
Ces cœurs qui vous sont consacrés ;
Vers les demeures éternelles
Guidez nos pas mal assurés.　　　　} bis.

N° 29.

Reine des cieux,
Jette les yeux
Sur ce béni sanctuaire ;
Et des pécheurs
Guéris les cœurs,
Et montre-toi notre mère.　　　(bis.)

Entends nos vœux,
Rends-nous heureux
En nous donnant la victoire ;
Et pour jamais
De tes bienfaits
Nous garderons la mémoire.　　　(bis.)

Mets dans nos cœurs
Les belles fleurs
Symboles de l'innocence ;
Conserve-nous
Les dons si doux
De foi, d'amour, d'espérance.　　　(bis.)

Accorde-nous
De t'aimer tous
Dans la céleste patrie,
Et d'y fêter
Et d'y chanter
L'aimable nom de Marie.   (*bis*.)

N° 30.

Reine des cieux, ô divine Marie !
Qu'il nous est doux de chanter vos faveurs !
Heureux celui qui consacre sa vie
A vous bénir, à vous gagner des cœurs !

Juste, bénis ta bienfaisante mère,
Qui t'embellit de toutes les vertus,
Qui t'inspira le désir de lui plaire,
Et te guida dans l'amour de Jésus.

Oui, tu dois tout à cet amour si tendre
Qui garantit et sauva ton berceau ;
Marie a su chaque jour te le rendre
Comme un présent, comme un bienfait nouveau.

Et toi, pécheur, trop coupable victime,
Hélas ! souillé par mille égarements,
Qui te retint sur le bord de l'abîme ?
Qui différa tes horribles tourments ?

Vole en ses bras, elle est encor ta mère ;
Prête l'oreille à ses tristes accents :
Fils bien aimé, de ta douleur amère,
Viens de mon sein calmer les mouvements.

N° 31.

Triomphez, Reine des cieux,
A vous bénir que tout s'empresse.
Triomphez, Reine des cieux,
Dans tous les temps, dans tous les lieux.

Que l'amour nous prête
En ce jour de fête,
Que l'amour nous prête
Ses plus doux accords;
Et que notre voix s'apprête
A seconder nos efforts.
Triomphez, etc.

Célébrons en ce saint jour
Les vertus de l'humble Marie,
Célébrons en ce saint jour
Et ses bienfaits et son amour.

Sans cesse enrichie,
Jeunesse chérie,
Sans cesse enrichie
Des plus heureux dons,
C'est de la main de Marie,
Chrétiens, que nous les tenons.
Triomphez, etc.

Qu'à jamais de ses faveurs
Nos chants rappellent la mémoire;
Qu'à jamais de ses faveurs
Le souvenir charme nos cœurs.
Le ciel et la terre,

Ravis de lui plaire,
Le ciel et la terre
Chantent ses bienfaits.
Vos enfants, ô tendre Mère !
Vous oublieraient-ils jamais ?
Triomphez, etc.

Achevez notre bonheur,
Retracez en nous votre image ;
Achevez notre bonheur,
Et gravez en nous votre cœur.
Guidez de l'enfance,
Par votre puissance,
Guidez de l'enfance
Les pas chancelants,
Et que l'aimable innocence
Couronne nos derniers ans.
Triomphez, etc.

––––––––

N° 32.

De tes enfants reçois l'hommage,
Prête l'oreille à leurs accents ;
Seigneur, c'est ton plus noble ouvrage
Qu'ils vont célébrer dans leurs chants.
Ranimé par ta main puissante,
Plein d'un espoir consolateur,
David de sa tige mourante
Voit germer la plus belle fleur.

Oh! quand disparaîtront les ombres
Qui la couvrent de toutes parts?
Fuyez, fuyez, nuages sombres
Qui la voilez à nos regards.
Verse des torrents de lumière
Sur Sion et ses habitants,
Étoile bienfaisante!... Éclaire
Et guide leurs pas chancelants.

Franchissant la céleste plaine,
Les Anges, riches de splendeur,
Pour contempler leur souveraine
Quittent le séjour du bonheur;
Et la candeur, et l'innocence,
Les yeux modestement baissés,
Autour d'elle, dans le silence,
Tiennent leurs bras entrelacés.

Elle est pure comme l'aurore
Qui luit dans un brillant lointain,
Comme le lis qu'on voit éclore
Dans la fraîcheur d'un beau matin;
Aux sources mêmes de sa vie,
Par un prodige sans égal,
Son âme ne fut point flétrie
Du souffle empoisonné du mal.

Ainsi qu'un palmier solitaire,
Qui croît sur le courant des eaux,
Et tous les ans donne à la terre
Des fleurs avec des fruits nouveaux;

Marie, exempte de souillure,
Chaque jour croîtra ; de son sein
Naîtra ce fruit que la nature
Reconnaîtra pour le Dieu saint.

N° 33.

Trop heureux enfants de Marie
Venez entourer ses autels,
Venez, d'une mère chérie,
Chanter les bienfaits immortels ;
Et vous, célestes chœurs des Anges,
Prêtez-nous vos divins accords ;
Que tout célèbre ses louanges,   } bis.
Que tout seconde nos transports.

Vierge, le plus parfait ouvrage
Sorti des mains du Créateur,
Beauté pure, heureux assemblage
Et d'innocence et de grandeur,
Quel éclat pompeux t'environne
Au brillant séjour des élus !
Le Très-Haut lui-même y couronne } bis.
En toi la reine des vertus.

Astre propice, aimable aurore
Qui nous annonça le Sauveur,
Au faible mortel qui t'implore
Daigne offrir un bras protecteur.

Loin de toi, loin de ma patrie,
Je me consume en vains désirs;
O ma mère, ô tendre Marie!
Entends la voix de mes soupirs. } bis.

Contre la timide innocence
L'enfer, le monde conjurés,
Veulent ravir à ta puissance
Ces cœurs qui te sont consacrés.
Toujours menacé du naufrage,
Toujours rejeté loin du port,
Jouet des vents et de l'orage,
Quel sera donc enfin mon sort ? } bis.

Doux appui de notre espérance,
O mère de grâce et d'amour,
Heureux qui, dès sa tendre enfance,
A toi s'est voué sans retour.
Ta main daigne essuyer ses larmes,
Tu le soutiens dans les combats;
Il voit le terme sans alarmes,
Et s'endort en paix dans tes bras. } bis.

Nº 34.

Marie, étoile tutélaire,
Marie... ô nom mélodieux !
L'homme vous chante sur la terre,
L'Ange vous chante dans les cieux!

Vous êtes le vase céleste
Plein des grâces de l'Éternel,
Vous êtes la rose modeste
Qui parfume les champs du ciel !

Du matin vous êtes l'étoile !
Quand le vent soulève les flots
Vos rayons brillent dans la voile
Et rassurent les matelots ;
Et l'âme, cette nef perdue,
Sur son océan agité,
A besoin de voir dans la nue
Un rayon de votre clarté.

C'est vous qu'au sein de ses alarmes
Le pêcheur invoque en tous lieux ;
Car une seule de vos larmes
Éteint la foudre aux mains de Dieu.
Les grâces dont sa main est pleine
A votre voix coulent sur nous,
Et les soupirs de l'âme humaine
Ne montent au ciel que par vous.

Mère de Dieu, Vierge immortelle,
Auguste Reine des élus !
Du nectar de votre mamelle
Vous nourrîtes l'enfant Jésus ;
Et vous laissez, ô bonne mère,
Du chaste sein qui l'allaitait,
Dans notre coupe trop amère
Tomber quelques gouttes de lait !

O Vierge ! abritez sous votre aile
Cet asile et ses habitants,
Comme sous nos toits l'hirondelle
Abrite son nid au printemps ;
Faites éclore sous votre ombre
Des chœurs d'Anges mélodieux,
Et de saintes vertus sans nombre
Qui prendront leur vol vers les cieux !

NOTA. On peut ajouter à ce cantique, après chaque
strophe, le chœur suivant :

Vos enfants loin de vous célèbrent vos louanges,
O Mère, obtenez-leur, pour prix de leur amour,
Qu'un jour mêlant leurs voix au chœur divin des Anges
Ils chantent votre gloire au céleste séjour.

LES SAINTS ANGES.

N° 35.

O Christ, Dieu créateur et rédempteur des hommes,
Gloire des Anges bienheureux,
Donnez-nous de monter de l'abîme où nous sommes
Jusque sur les trônes des cieux.

Pour étouffer partout la discorde et la guerre
Envoyez l'Ange de la paix,
Que l'Archange Michel s'abatte sur la terre
Des splendeurs des divins palais.

Que l'ardent Gabriel, fort parmi les Archanges,
    Armé de son glaive de feu,
Loin du temple où nos voix célèbrent vos louanges
    Repousse l'ennemi de Dieu.

Envoyez-nous, Seigneur, le médecin céleste,
    Le doux Archange Raphaël;
Qu'il guérisse nos cœurs et près de nous qu'il reste
    Pour nous conduire vers le Ciel.

Et vous, Mère du Christ, ô Vierge bien-aimée
    Que nous invoquons à genoux;
Anges et Saints, venez, vous tous, céleste armée,
    Faites la garde autour de nous.

Et vous, dont l'univers célèbre les louanges,
    O glorieuse Trinité,
Faites que notre voix, unie au chœur des Anges,
    Vous chante dans l'éternité.

LA TOUSSAINT.

N° 36.

Gardez le peuple qui vous prie,
O Jésus, Rédempteur de tous;
Et vous, Sainte Vierge Marie,
Mère de Dieu, priez pour nous.   } *bis.*

Chérubins, Séraphins, Archanges,
De Dieu célestes messagers,
Anges, innombrables phalanges,
Éloignez de nous les dangers. } *bis.*

Prophètes des divins mystères,
Vous qui lisez dans l'avenir,
Apôtres, disciples austères,
Tous priez Dieu de nous bénir. } *bis.*

Martyrs que la palme décore,
Soutenez-nous dans nos combats,
Priez pour ceux qui sont encore
Dans les épreuves d'ici-bas. } *bis.*

Confesseurs et vierges candides,
Qui suivez le céleste époux,
Vous, ermites des Thébaïdes,
Saints et saintes priez pour nous. } *bis.*

Pour que, remportant la victoire
Sur nos perfides ennemis,
Un jour, dans l'éternelle gloire,
Comme vous nous soyons admis. } *bis.*

Que la terre et que l'Empyrée
Se confondent dans un seul cri :
Gloire à la Trinité sacrée,
Au Père, au Fils, au Saint-Esprit. } *bis.*

— 50 —

CANTIQUES DIVERS.

N° 37.

Mon bien-aimé ne paraît pas encore :
Trop longue nuit, dureras-tu toujours?
Tardive aurore,
Hâte ton cours!
Rends-moi Jésus, ma joie et mes amours.
Mon doux Jésus que seul j'aime et j'implore. (*bis.*)

De ton flambeau déjà les étincelles,
Astre du jour, raniment mes désirs;
Tu renouvelles
Tous mes soupirs.
Servez mes vœux, avancez mes plaisirs,
Anges du ciel portez-moi sur vos ailes.　　(*bis.*)

Je t'aperçois, asile redoutable
Où l'Éternel descend de sa grandeur,
Temple adorable
Du Rédempteur.
Si dans tes murs il voile sa splendeur,
Ce Dieu d'amour n'en est que plus aimable. (*bis.*)

Sans nul éclat le vrai Dieu va paraître;
De cet autel il va s'unir à moi.
Est-ce mon maître?
Est-ce mon Roi?
Laissez, mes yeux, laissez agir ma foi :
Un œil chrétien ne peut le méconnaître.　　(*bis.*)

N° 38.

Il n'est pour moi qu'un seul bien sur la terre,
Et c'est Dieu seul; Dieu seul est mon trésor,
Dieu seul, Dieu seul allége ma misère,
Et vers Dieu seul mon cœur prendra l'essor.
Je bénis sa tendresse,
Et répète sans cesse
Ce cri d'amour, cet élan d'un grand cœur :
Dieu seul, Dieu seul, voilà le vrai bonheur.

Dieu seul, Dieu seul guérit toute blessure;
Dieu seul, Dieu seul est un puissant secours;
Dieu seul suffit à l'âme droite et pure,
Et c'est Dieu seul qu'elle cherche toujours.
Répétons, ô mon âme!
Ce chant seul qui enflamme,
Ce cri d'amour, cet élan d'un grand cœur :
Dieu seul, Dieu seul, voilà le vrai bonheur.

Quel déplaisir pourra jamais atteindre
Cet heureux cœur que Dieu seul peut charmer?
Grand Dieu! quels maux ce cœur pourra-t-il craindre?
Il n'en est point quand on sait vous aimer.
Aimer un si bon père,
C'est commencer sur terre
Ce chant d'amour de la sainte cité :
Dieu seul, Dieu seul pour une éternité.

N° 39.

Temple témoin des premiers vœux
Et du bonheur de l'innocence,
Je te dois, image des cieux,
Les plus beaux jours de mon enfance.

Inspire-moi des chants divins,
Sainte Sion, ô ma patrie !
Et retentis des doux refrains :
Vive Jésus ! vive Marie !   (*bis.*)

Pontife, victime d'amour,
Sur l'autel, le Sauveur lui-même
Vient, en s'immolant chaque jour,
Donner la vie à ceux qu'il aime.

Inspire-moi, etc.

De tant d'amour et de bienfaits,
O Jésus, source intarissable,
Qui n'est épris de vos attraits ?
Combien votre joug est aimable !

Inspire-moi, etc.

Et toi dont j'aime, ô doux appui,
A bénir le nom tutélaire,
C'est aux pieds du Fils aujourd'hui
Que je veux invoquer la Mère.

Inspire-moi, etc.

N° 40.

PRIÈRE.

La nuit finit sa course et la blanche lumière
De ses premiers rayons inonde le ciel bleu,
Prions! que notre voix s'élève la première
      Vers le trône de Dieu.   (*bis.*)

Seigneur, sur l'ennemi donne-nous la victoire,
Ouvre à nos faibles pas un glorieux sentier;
Conduis-nous jusqu'au ciel, Trinité dont la gloire
      Remplit le monde entier.   (*bis.*)

PSAUMES DES VÊPRES DE LA SAINTE VIERGE

Dixit Dominus Domino meo : * Sede à dextris meis.
Donec ponam inimicos tuos : * scabellum pedum tuo-
rum.
Virgam virtutis tuæ emittet Dominus ex Sion : * do-
minare in medio inimicorum tuorum.
Tecum principium in die virtutis tuæ, in splendo-
ribus sanctorum : * ex utero ante luciferum genui te.
Juravit Dominus, et non pœnitebit eum : * Tu es Sa-
cerdos in æternum secundum ordinem Melchisedech.
Dominus à dextris tuis : * confregit in die iræ suæ
reges.
Judicabit in nationibus, implebit ruinas : * conquas-
sabit capita in terrâ multorum.
De torrente in viâ bibet : * proptereà exaltabit caput.
Gloria Patri, et Filio, et Spiritui Sancto;
Sicut erat in principio et nunc et semper, * et in
secula seculorum. — Amen.

Laudate, pueri, Dominum : * laudate nomen Domini.

Sit nomen Domini benedictum, * ex hoc nunc, et usque in seculum.

A solis ortu usque ad occasum, * laudabile nomen Domini.

Excelsus super omnes gentes Dominus; * et super cœlos gloria ejus.

Quis sicut Dominus Deus noster qui in altis habitat, * et humilia respicit in cœlo et in terrâ?

Suscitans à terrâ inopem, * et de stercore erigens pauperem;

Ut collocet eum cum principibus, * cum principibus populi sui.

Qui habitare facit sterilem in domo, * matrem filiorum lætantem.

Gloria Patri, etc.

Lætatus sum in his quæ dicta sunt mihi : * In domum Domini ibimus.

Stantes erant pedes nostri * in atriis tuis, Jerusalem.

Jerusalem quæ ædificatur ut civitas, * cujus participatio ejus in idipsum.

Illùc enim ascenderunt tribus, tribus Domini; * testimonium Israel ad confitendum nomini Domini.

Quia illic sederunt sedes in judicio, * sedes super domum David.

Rogate quæ ad pacem sunt Jerusalem; * et abundantia diligentibus te.

Fiat pax in virtute tuâ, * et abundantia in turribus tuis.

Propter fratres meos et proximos meos, * loquebar pacem de te.

Propter domum Domini Dei nostri : * quæsivi bona tibi.

Gloria Patri, etc.

Nisi Dominus ædificaverit domum, * in vanum laboraverunt qui ædificant eam.

Nisi Dominus custodierit civitatem, * frustra vigilat qui custodit eam.

Vanum est vobis ante lucem surgere : * surgite, postquam sederitis, qui manducatis panem doloris, cùm dederit dilectis suis somnum.

Ecce hereditas Domini, filii ; * merces, fructus ventris.

Sicut sagittæ in manu potentis, * ita filii excussorum.

Beatus vir qui implevit desiderium suum ex ipsis : * non confundetur, cum loquetur inimicis suis in portâ.

Gloria Patri, etc.

Lauda, Jerusalem, Dominum : * lauda Deum tuum, Sion.

Quoniam confortavit seras portarum tuarum, * benedixit filiis tuis in te ;

Qui posuit fines tuos pacem : * et adipe frumenti satiat te ;

Qui emittit eloquium suum terræ : * velociter currit sermo ejus ;

Qui dat nivem sicut lanam : * nebulam sicut cinerem spargit.

Mittit crystallum suum sicut buccellas : * ante faciem frigoris ejus quis sustinebit ?

Emittet verbum suum, et liquefaciet ea, * flabit spiritus ejus, et fluent aquæ.

Qui annuntiat verbum suum Jacob, * justitias et judicia sua Israel.

Non fecit taliter omni nationi ; * et judicia sua non manifestavit eis.

Gloria Patri, etc.

HYMNE A LA SAINTE VIERGE.

Ave, maris stella,
Dei Mater alma,
Atque semper Virgo,
Felix cœli porta.

Sumens illud ave
Gabrielis ore,
Funda nos in pace
Mutans Evæ nomen.

Solve vincla reis,
Profer lumen cæcis,
Mala nostra pelle,
Bona cuncta posce.

Monstra te esse matrem :
Sumat per te preces
Qui pro nobis natus
Tulit esse tuus.

Virgo singularis,
Inter omnes mitis,
Nos, culpis solitos,
Mites fac et castos.

Vitam præsta puram,
Iter para tutum
Ut videntes Jesum
Semper collætemur.

Sit laus Deo Patri,
Summo Christo decus,
Spiritui Sancto,
Tribus honor unus.
Amen.

℣. Ora pro nobis, Sancta Dei Genitrix.
℟. Ut digni efficiamur promissionibus Christi.

Magnificat anima mea Dominum.

Et exultavit spiritus meus, in Deo salutari meo :

Quia respexit humilitatem ancillæ suæ; ecce enim ex hoc beatam me dicent omnes generationes.

Quia fecit mihi magna qui potens est; et sanctum nomen ejus;

Et misericordia ejus a progenie in progenies timentibus eum.

Fecit potentiam in brachio suo; dispersit superbos mente cordis sui.

Deposuit potentes de sede, et exaltavit humiles.

Esurientes implevit bonis, et divites dimisit inanes.

Suscepit Israel puerum suum, recordatus misericordiæ suæ.

Sicut locutus est ad patres nostros, Abraham et semini ejus in secula.

Gloria Patri, etc.

ORAISON DE LA FÊTE DU S. ROSAIRE.

OREMUS.

Deus, cujus Unigenitus per vitam, mortem, et resurrectionem suam nobis salutis æternæ præmia comparavit; concede, quæsumus; ut hæc mysteria sanctissimo beatæ Mariæ Virginis Rosario recolentes, et imitemur quod continent, et quod promittunt assequamur. Per eum Dominum.

MOTETS.

Ave, verum corpus natum
De Maria Virgine;
Vere passum immolatum
In cruce pro homine;
Cujus latus perforatum
Unda fluxit cum sanguine.
Esto nobis prægustatum
Mortis in examine.

O Jesu Dulcis! O Jesu pie!
O Jesu fili Mariæ!
Tu nobis miserere. Amen.

Ecce panis Angelorum.
Factus cibus viatorum.
Vere panis Filiorum,
Non mittendus canibus.

Bone pastor, panis vere,
Jesu nostri miserere;

Tu nos pasce, nos tuere,
Tu nos bona fac videre
In terra viventium.

O salutaris hostia,
Quæ cœli pandis ostium!
Bella premunt hostilia,
Da robur, fer auxilium.

Uni Trinoque Domino
Sit sempiterna gloria,
Qui vitam sine termino
Nobis donet in patria. Amen.

Tantum ergo Sacramentum
Veneremur cernui;
Et antiquum documentum
Novo cedat ritui;
Præstet fides supplementum
Sensuum defectui.

Genitori, Genitoque,
Laus et jubilatio;
Salus, honor, virtus quoque,
Sit et benedictio;
Procedenti ab utroque
Compar sit laudatio.
Amen.

℣. Panem de cœlo præstitisti eis
℟. Omne delectamentum in se habentem.

OREMUS.

Deus qui nobis sub Sacramento mirabili passionis tuæ memoriam reliquisti, tribue, quæsumus, ita nos corporis et sanguinis tui sacra mysteria venerari, ut redemptionis tuæ fructum in nobis jugiter sentiamus; qui vivis et regnas, etc.

Inviolata, integra et casta es, Maria!
Quæ es effecta fulgida cœli porta!
O mater alma Christi, carissima!
Suscipe pia laudum præconia;
Nostra ut pura pectora sint et corpora.
Te nunc flagitant devota corda et ora,
Tua per precata, dulcisona,
Nobis concedas veniam per secula.
O benigna! O benigna! O benigna!
Quæ sola inviolata permansisti.

LITANIES DE LA SAINTE VIERGE.

Kyrie, eleison.
Christe, eleison.
Kyrie, eleison.
Christe, audi nos.
Christe, exaudi nos.
Pater de cœlis, Deus, miserere nobis.
Fili, Redemptor mundi, Deus, miserere nobis.
Spiritus Sancte, Deus, miserere nobis.
Sancta Trinitas, unus Deus, miserere nobis.
Sancta Maria, ora pro nobis.
Sancta Dei genitrix,

Sancta Virgo virginum,
Mater Christi,
Mater divinæ gratiæ,
Mater purissima,
Mater castissima,
Mater inviolata,
Mater intemerata,
Mater amabilis,
Mater admirabilis,
Mater Creatoris,
Mater Salvatoris,
Virgo prudentissima,
Virgo veneranda,
Virgo prædicanda,
Virgo potens,
Virgo clemens,
Virgo fidelis,
Speculum justitiæ,
Sedes sapientiæ,
Causa nostræ lætitiæ,
Vas spirituale,
Vas honorabile,
Vas insigne devotionis,
Rosa mystica,
Turris Davidica,
Turris eburnea,
Domus aurea,
Fœderis arca,
Janua cœli,
Stella matutina,
Salus infirmorum,
Refugium peccatorum,
Consolatrix afflictorum,

Ora pro nobis.

Auxilium christianorum,
Regina Angelorum,
Regina Patriarcharum,
Regina Prophetarum,
Regina Apostolorum,
Regina Martyrum,
Regina Confessorum,
Regina Virginum,
Regina Sanctorum omnium,
Regina sine labe concepta,
Regina Sacratissimi Rosarii.

Agnus Dei, qui tollis peccata mundi, parce nobis, Domine.

Agnus Dei, qui tollis peccata mundi, exaudi nos, Domine.

Agnus Dei, qui tollis peccata mundi, miserere nobis.

Christe, audi nos.

Christe, exaudi nos.

℣. Ora pro nobis, sancta Dei Genitrix.

℟. Ut digni efficiamur promissionibus Christi.

OREMUS.

Concede nos famulos tuos, quæsumus, Domine Deus, perpetua mentis et corporis sanitate gaudere, et gloriosa Beatæ Mariæ semper virginis intercessione a præsenti liberari tristitia, et æterna perfrui lætitia. Per Christum Dominum nostrum. Amen.

Sub tuum præsidium confugimus, sancta Dei
Genitrix! Nostras deprecationes ne despicias in
necessitatibus, sed a periculis cunctis libera nos
semper, Virgo gloriosa et benedicta. Amen.

STABAT MATER.

Stabat Mater dolorosa,
Juxta Crucem lacrymosa,
Dum pendebat Filius,

Cujus animam gementem,
Contristatam et dolentem,
Pertransivit gladius.

O quam tristis et afflicta
Fuit illa benedicta
Mater Unigeniti!

Quæ mœrebat, et dolebat,
Pia Mater, dum videbat
Nati pœnas inclyti.

Quis est homo qui non fleret,
Christi matrem si videret
In tanto supplicio?

Quis posset non contristari
Piam matrem contemplari
Dolentem cum filio.

Pro peccatis suæ gentis
Vidit Jesum in tormentis,
Et flagellis subditum.

Vidit suum dulcem Natum
Morientem, desolatum,
Dum emisit spiritum.

Eia! mater fons amoris
Me sentire vim doloris,
Fac, ut tecum lugeam.

Fac, ut ardeat cor meum
In amando Christum Deum,
Ut sibi complaceam.

Sancta mater istud agas,
Crucifixi fige plagas,
Cordi meo valide.

Tui Nati vulnerati,
Tam dignati pro me pati,
Pœnas mecum divide.

Fac me vere tecum flere.
Crucifixo condolere,
Donec ego vixero.

Juxta Crucem tecum stare,
Te libenter sociare
In planctu, desidero.

Virgo virginum præclara,
Mihi jam non sis amara,
Fac me tecum plangere.

Fac ut portem Christi mortem,
Passionis fac consortem
Et plagas recolere.

Fac me plagis vulnerari,
Cruce hac inebriari
Ob amorem filii.

Inflammatus et accensus,
Per te, Virgo, sim defensus
In die judicii.

Fac me cruce custodiri,
Morte Christi præmuniri,
Confoveri gratiâ.

Quando corpus morietur
Fac ut animæ donetur
Paradisi gloria. Amen.

℣. Ora pro nobis Virgo dolorosissima.
℟. Ut digni efficiamur promissionibus Christi.

OREMUS.

Deus, in cujus passione secundum Simeonis
prophetiam, dulcissimam animam gloriosæ vir-

ginis et matris Mariæ doloris gladius pertransivit : concede propitius ; ut qui transfixionem ejus et passionem venerando recolimus, gloriosis meritis et precibus omnium Sanctorum cruci fideliter adstantium intercedentibus, passionis tuæ effectum felicem consequamur. Qui vivis et regnas.

PSAUME POUR LES MORTS.

De profundis clamavi ad te, Domine ; Domine, exaudi vocem meam.

Fiant aures tuæ intendentes in vocem deprecationis meæ.

Si iniquitates observaveris, Domine, Domine, quis sustinebit ?

Quia apud te propitiatio est, et propter legem tuam sustinui, te Domine.

Sustinuit anima mea in verbo ejus : speravit anima mea in Domino.

A custodia matutina usque ad noctem speret Israel in Domino.

Quia apud Dominum misericordia, et copiosa apud eum redemptio.

Et ipse redimet Israel ex omnibus iniquitatibus ejus.

Requiem æternam dona eis, Domine, et lux perpetua luceat eis.

OREMUS.

Deus, veniæ largitor et humanæ salutis amator : quæsumus clementiam tuam ut nostræ congregationis fratres, propinquos et benefactores qui ex hoc sæculo transierunt, Beata Maria semper Virgine intercedente cum omnibus sanctis tuis, ad perpetuæ beatitudinis consortium pervenire concedas.

Laudate Dominum, omnes gentes, * laudate omnes populi;

Quoniam confirmata est super nos misericordia ejus, * et veritas Domini manet in aeternum.

Gloria Patri, etc.

Paris. — Imp. P.-A. Bourdier et Cⁱᵉ, 6, rue des Poitevins.

9 782014 047448